歌集

雲のにおい

河野小百合

本阿弥書店

歌集　雲のにおい＊目次

I

装画　内海仁美
装幀　小川邦恵

歌集　雲のにおい

河野　小百合

I

歳晩の富士

肌あらき秋の公孫樹をのぼりゆく苔のたぐいも黄のいろをせり

おおぞらに飛び立ちそうな図書館が窓にぶどうの蔓をからめる

乳房また重みをましてきたることたった一粒がこんなに効いて

ツインベッドのひとつをながく照らしいる月光は君であったのだろう

つくづくと墓標のような夜景だと二十五階の窓によりゆく

街路樹のネオンは消えてひとところ消防庁のビルのあかるし

昼すぎの矛盾は矛盾のままにして内堀通りにタクシーひろう

きっぱりと剪定された夕庭に半透明な蚊柱うごく

衣かつぎ分けやるときに藍色の母の小皿はうすらに窪む

どのような罪科なるか二百年ねじ幹《かん》ざくろはねじれり幹を

おのおのに音をたがえる噴水が灰青色の冬空あらう

死のまえの時間のように明るさをふいとましゆくこの水たまり

フロントガラスに粉雪ながれはじめたり山の家へと向かわんとして

朱のふかきライチの皮をむく指がすてたる手帳の束をおもいつ

政策は変わりゆくともオベリスク地蔵ケ岳の雪にまぎれず

アントニー・クラーベの赤、歳晩の富士の火口に燃えうつりたり

けれどなお身を低くしてアイリスのひと群ここに年越さんとす

色をもたない湖

過ぎゆきの色をもたない湖にまたもどりくる大鷲一羽

なめらかにベールひきつつ赤松の梢をおちる雪片のあり

ふたたびを凍らせているマンゴスチン成人の日は眠ってすごす

女であることのすべてを否定する治療方針がしめされていつ

三パーセントの命をけずりまもりたる髪にユーカリのトリートメントす

開架式書架のあかりを抜けながら季節がふたつ過ぎたとおもう

乾ききりし午後のテラスにおりるとき六月の山は前のめりなり

昨日の打ち上げ花火の残骸があしたの庭に色をのこせり

スカートを一日はかないだけなのに風は私を離れてゆきぬ

そちこちに消臭スプレーおかれある家が私の家となりゆく

こめかみに張り付いている濃きつかれ郵便集配車赤くいりくる

遮光カーテン

無花果のあまきみのりを罪として乳房に九月ふたたびめぐる

八ヶ岳ジャーナルをめくる金曜日地虫の声はいまフォルティシモ

向日葵に風かよいいる朝ながら砕けたワイングラスをひろう

まだなんの傷ももたない夏帽子すこし傲慢だったのだろう

ガイドラインにそった治療はつづきます遮光カーテンにとざす青空

これ以上すすめぬ庭の夏草にうもれてピンクの朝顔がさく

だんだんに空がちいさくなる夕べかぶと虫三匹うつぶして死ぬ

乾ききらないシーツのようなものおもいクロノス・カイロス夜があけてゆく

亡骸は白いティッシュにくるまれて虫かごの上朝がきていつ

リノリウムの廊下がうすくひかりいる音なき地下のＲＩ室

もうすぐに自爆しそうなアボカドを夜のてのひらに戯《あそ》ばせている

蜂たちの動き昨日よりはやくなる九月あっけなき辞任を伝う

硝子壜にさしたミントのひと茎は夜の雷に輝きをます

トピアリーのうさぎの耳を湿らせてなごりの夏の風が吹きぬく

点描画の色のひとつとなりながら秋雨のふる公孫樹のした

上野久雄先生他界

半身を失くしたような朝のきて『夕鮎』書架にとりだしている

歌集よむわれのかたえの犬の息あさの空気をうすくぬくめて

つぎつぎと白蝶草を咲かせつつここに空白の時間を生きる

秋桜の風にみだれてさくテラス今日はステーキですお寄りください

ガラスの急須

ストレッチャーに運ばれてゆく母の上にうすずみ色の雪がふりくる

ふたきれのパイナップルが乾きゆく治療方針さだまらぬまま

ロールケーキにぐんと沈んでゆくナイフ病室は三人だったり四人だったり

古い楽譜のような桜が咲きだしてこめかみ辺り痛みはじめる

ひとまずは甲州玉子わりておりし想定外の春のあしたを

張り替えをおえし芝生のあかるみて夕べをながくあそぶ風あり

カフェラテの泡をすくえば何処からかきょうは七夕ねという声がする

退院をしてこし母とふたりきり麻婆豆腐のわけぎが匂う

ひとところガラスの急須に欠けがある訪問看護師のあしたのメモに

老いてゆく母にしたがい小さくなる盂蘭盆かざりに灯りをともす

帽子の縁

要介護から要支援へとかわりたる母の帽子の縁のプライド

くらくらと三温糖に煮つめゆく「大震災と宗教」閉じて

偏頭痛はじまるあさの霧雨に西洋ハッカの繊毛とがる

ひといきに合歓の大樹をこえてゆくオオムラサキの夏の羽ばたき

白いベッドにしろい婦人がよこたわる核分裂のとまらぬあさを

向日葵はかなしい花とおもいたり迷路のなかに人を入れゆく

またひとり亡くしてしまう水際に打ち上げられた石榴はあかい

身を反らし太平洋をとびだせるその一頭の大みずしぶき

さみしい力士

この夜の空気をたてに切りながら蜩がなく老い母がなく

礼拝をしているひとが五人ほど日本庭園の小道にいれば

ご自由におはいりください木造の礼拝堂の晩夏のがらす

ミント一枚そえられてくるこのしろき杏仁豆腐のような一日

ルームサービスの鰻重ふたつさみどりのリネンの上にかしこまりいて

副都心のビルの灯りの少なさにことしの夏の肝吸をすう

計画停電ここにはなくてふっくらと朝のオムレツ光あつめる

朝食のあとをねむりてしまいたり浮世絵展のさみしい力士

石のベンチ

でもきょうは手首にはりが戻りきて水引草がくれないともす

裏庭の石のベンチはこんなにも熱をあつめて閉館まぢか

蛇と猫は同類だろう冷えきった肉球をそっとおしつけてきて

「完全ブロック」されているとか珈琲ものまずに朝の食事をおえる

雪の日のこんな匂いが好きだったひとりで戻る八階の部屋

薄紙をひらけばふぅーっと粉のちる「雪のかけら」は高原の菓子

照らされて午後を全裸の茅ヶ岳きのうの女のことは忘れよ

あの部屋のミロの絵のよう小皿にはバルサミコ酢のむらさき少し

ゆうべ二尾身をよせいしが静かにも冬の日だけが生簀《いけす》をめぐる

柚子シフォンの柚子のかおりのなかに居るあらたまの年の検査をおえて

八ヶ岳の高峰《アルプ》を消してこの朝の寒のもどりのほそき雨ふる

放射能検査済と貼られある雪国まいたけの平たきを買う

山襞を黒くのこして雪は積むあるいはジョルジュ・ルオーの祈り

黒い太陽

一月の池のまなかに鰓《えら》呼吸している黒い太陽のあり

アルカディア市ヶ谷の冬の十階にひとりの夜のしろいスリッパ

さしあたりスープにうつる市ヶ谷のさくらの枝の屈折すくう

ガーデンチェアのへりをのこして降りつづく今宵の雪のしどろもどろの

背筋《はいきん》のあたりにひそむものおもい快速電車を乗り換えており

縫合の痕をたどりているひとの指さき雪のにおいをたてる

八階のテラスにたてば薄闇の底へそこへと雪はふりゆく

ふくよかな土偶の耳にあけられた穴のめぐりに冬の日戯《あそ》ぶ

手のひらにかおりをたてる切山椒うぐいす色の春はまださき

ボディーブラシの柄よりたちくる檜の香母すこやかに如月がゆく

当てているだけでいいのに

さくら蒸し鰆《さわら》のしろき身をほぐす緊急地震速報のなく

コープの車入りきたりて満開の辛夷の下にしばらくとまる

息ふかくねむる女の足裏のうすきくぼみに春の日うごく

当てているだけでいいのに花ぐもり電動歯ブラシの細身うごかす

甲府より二十日おくれの花のしたタンスをつんだ赤帽車ゆく

一度だけ雪を踏ませただけなのに春よはるよと脱がされてゆく

ツインテールの犬のリボンを靡《なび》かせる君の孤独に触れないでいる

「妻でいるほうが女は自由なのよ」しょうが葛湯をかきまぜながら

葉桜の呼吸

葉桜の呼吸にあわせしばらくを葉桜となる午後のふかきに

教皇のようなジャーマンアイリスがコンビニ脇に立っているんだ

前菜は湯村の山のわかみどり帽子の好きな母とならびて

自然解凍したる卑弥呼は黒米のもち菓子にして指になまめく

しかれども春のひかりの残りいる犬の器にしばらくかがむ

眠薬が抽斗《ひきだし》にあるやすらぎに眠りきたりてダンテをとじる

行きずりの春の空にはバルーンが栞のように真白くあがる

銀座六丁目ソトコトロハス出るときに一平にすがりかの子行きたり

否といいしさびしさはこの水曜の選歌の束をひらきゆくとき

書きおえし朝の机に無農薬ひまわり蜂蜜の濁りはつづく

デルフト焼きの小瓶あけるとおどおどとしたる少女の眼がよみがえる

リビングをゆきかう朝のさびしさにふかふかと犬擦りよりてくる

かぜ熱にふせる男の窓おおい木香薔薇は固まりにさく

多肉植物

パンプスをすこし汚して木々の間を天然酵母のパン買いにゆく

富士川の硝子工房の窓ぎわのペーパーウェイト小さな気泡

内部より霧をわかせて森のあり手術《オペ》より四度目の夏がすぎゆく

犬のゆばりに来ている蝶《あげは》の二匹ほど風の通わぬ午後をたちおり

イングリッシュミントのお茶に舌先のすこししびれて夕霧をよぶ

大江戸線のホームにならぶ人々が多肉植物となりてしげりぬ

バックにて鳩山会館に入りゆく大型バスのふれる紫陽花

ひと息にゴーヤの綿をくりぬいて古都アレッポに撃たれしをきく

〈希望〉というばらの終わりて日本は熱中症におかされてゆく

透明なグラスフィッシュの鰭のゆれ生きのびてゆうべ歯をみがきいる

エノラ・ゲイ

光りいる川はみえねど高原にわれを追いくる霜月の音

焼き牡蠣の香りもろとものみこみてエノラ・ゲイのそのときおもう

水たまりひとつが残り青空のはみだしている田じまいの里

瀬戸内の灯りはとぎれ船窓に真黒き波がはりついてくる

眠りいる間にすぎし海峡の潮の流れやカーテンを開く

雨上がりのカルスト台地の褐色に吹かれていたり杖つく母と

茜色にそまりし波を分けながら神々の島を船は離れる

電飾の消えたる朝の公園の石の慰霊碑　鉄の慰霊碑

降誕祭のイルミネーションにてらされて爆心地へとゆっくりのぼる

木蔦《アイビー》の葉裏に二本からみたる犬の体毛があわくそよげり

II

一九四八年上野久雄は横浜市の国立療養所「浩風園」に、末期結核患者として入院した。この頃近藤芳美を知る。死期が迫っていたなかアメリカ製のストレプトマイシンを入手し、奇跡的な回復を果たす。胸郭整形術を三回施し病状が安定したため、甲府市の国立療養所「山梨清楽荘」に転院し、同所に短歌会を創る。また、患者自治会委員長として、病養者の人権や生活改善に尽力した。一九五四年に社会的治癒を見ないまま六年間の闘病生活にピリオドを打った。

山梨清楽荘

そろばん坂のぼり詰めるとうすあおき石棺のような療養所たつ

曇りたる空にとしつき吸われつつ結核療養所「清楽荘」あり

表札の削りとられた門柱に羽をすぼめて鳶おりくる

療養所に続く階段いきおいて夏の終わりの草がうめゆく

その夜をきみは泣きしかひとところ破られている闘病ノート

廃院のフェンスに絡むくれないのマルバルコウはいま花ざかり

青年の上野久雄がシューベルトＬＰ版をかかえ過ぎりぬ

甲州のぶどうの棚はあのあたり微熱のつづく喉すべりゆく

どんぐりの落ちつづけいるこの径に社会復帰の夢かたりしか

ひとりまた強制退院のあさとなり生きて半年とひそやかな声

ひえしきる鉄筆をもて回覧誌の後記をつづる安静時間

足裏をやさしくつつむ落葉径このあたりなり霊安棟は

立ち入りが禁止のエリアどんぐりに汚れていたり橡《くぬぎ》どんぐり

療養所内部につづく石段は落葉にうもれ感情を消す

眠りのなかに

雑木林をけぶらせながら雨はふるいのちは青いとおもう朝に

咲きながら根を枯らしゆく秋桜のうすい花びら　五年がたちぬ

そしてまたダンガリーブルーの甲斐駒の肌がせまるここの窓にも

かばんには〈南アルプスの天然水〉検査室まで音たてつづく

衝立のうちにジャケットをぬぐ音が検査の部屋の空気をやぶる

検査ベッドにゆるく固定をされており眠りのなかに〈白鳥〉ながる

はい吸って、そのまま止めて長月の両の乳房はやけにおもたい

造影剤にあつくなりゆくからだごと定番でいよう定番がいい

星空のような画面だひややかに探触子《プローブ》すべる乳房の上を

安全圏に入りましたねと高きこえ乳腺エコーあてられながら

羽織るものほしい朝をアベリアの丈のたかさに風がよせくる

雪ふかむ

浄居寺の大根供養の案内があさのポストにさむがりていつ

ヘンデルのアリアにあわせ加速する人事異動も遠くなりいて

二十七歳で終わる年譜をふせおきてにんじんを煮るすこし甘めに

雑木林の途切れるたびに雪ふかむすぐに咎めるということなくて

雪晴れのあさのひかりに近くなるあおい山荘のあおいベランダ

山吹色のスリッパならび冬の陽に洗われている小記念館

みず雪が匂うだろうか一双の鳥図屛風ざわめきはじむ

控えめによろこぶ人と連れ立てり十一屋コレクション達磨図おおし

注文をするまでの快　ひるすぎの雑木林に霧かかりゆく

なめらかに水のにおいをさせている劇場裏の山茶花のはな

夜中から雪にかわるというニュースさくら最中のさくらいろ食む

花に降りゆく

愛宕山スカイラインをのぼりゆくノイズのおおいＣＤ消して

風にのり大鷹《レディーホーク》がおりてくる谷筋しろき山をのぞめば

ひろげたる両のつばさを川の面《も》にときおり打ちぬ大鷹《レディーホーク》は

軌道から軌道へわたる探査機《はやぶさ》の着ぶくれているこころをはがす

赤い波にのまれていった人々の声よみがえる春のまたきて

白樺の木立のなかへ上下してボーラーハットの騎手が入りゆく

カントリーソングのながれ尾をふれる八ヶ岳高原の春の馬たち

あけがたの遭難らしい横岳にヘリがちかづく前のめりして

しらまゆみ春のあしたの馬の背にうまの高さの風を吸い込む

ケアマネの交代はやし選択の出来ないままに四月となりぬ

意味のないボタンを押してしまいたり桜あんぱん大きくちぎる

フランシス・ベーコン展の嘲笑をのみこみながら花に降りゆく

春の日に明るみている取り皿のそら豆キッシュ青菜のキッシュ

はやく咲く桜の花にぬれているブロンズ像のうすき頤《おとがい》

頰すこしこけたる叔父が入りくる皇居のみどり萌えるラウンジ

アイリスの光あつめる絵のなかにしばらく休む　確信はない

朝採りのフリルレタスをむきながら言いわけめきし留守電をきく

けれどああ、時間は押しているのだと割付用紙に割付はじむ

相槌

神社から寺へとあゆむ花びよりどこの家にも犬がねむりて

灰色の網を一棟かけられて暮れのこりいる春のマンション

まっすぐにブックポストへおちてゆく甲府の桜おわった朝を

コンサートマスターのその相槌にわたしの呼吸も整いてゆく

E線を弾きつつくらく筋肉をもりあげてゆく中年の肩

雪のみをのこして富士の輪郭のきえゆく夜を祝われており

みずたまの洗濯ネットに入れられて三毛ねこ避妊手術にゆきぬ

爪立てて海老の背腸をぬいている風邪の癒えたる春のキッチン

もう髪を染めない母と向きあいて白魚鍋の煮えるのをまつ

共謀罪の通過したとかエアコンの内部をふかく洗浄される

樹皮図鑑

とりかえた防虫剤が花のよう眠れぬよるの床にちらばる

美術館の搬入口に咲きおわる躑躅はあらき枝をつきだす

樹皮図鑑の樹皮のいろいろ昼おそく耳をひやして子猫よりくる

細やかなみどりふるわす楓はいつも内側からのぞかれる

花粉症の鴉であろう暮れかけた池に濁音落としてゆけり

ひと息に玉ねぎスープ飲みほしてあおい背鰭《せびれ》を起こさんとする

日没までまだすこしある公園の楡の一樹はにおいつよめる

鈴掛にかこまれている投票所立会人のことし若くて

髪染めの頭をラップにつつまれて春のキャベツの芯になりたり

観覧車におりてゆくとき駿河湾の深度あらわに色をたがえる

吊花

ダックスフント形の箸置きにかえている平年並みの連休がきて

ペットボトルの水を分けあうひと時を大山れんげの青葉がつつむ

テラス席を占める女《おみな》のそれぞれの憂いをぬけてつばくらめ飛ぶ

連休のもなかにさやぐ葉桜のみどりはくらいどの木々よりも

おちこちのコンクリートを盛り上げて樹根《じゅこん》はのびる五月の歩道

子のいない七日のすぎて芽のような猫の乳首は毛におおわれる

昼くらむ遊歩道わきかろやかに吊花はその均衡たもつ

営業時間長くなりたるカフェにいて欅のゆれに身体をあわす

金正恩《キム・ジョンウン》から猫に話題のうつりたる斜めの席の老紳士たち

明けがたのミサイル発射と聞きながらエコー検査に車はしらす

連休のあけし病院の混雑にマスク自販機すずやかに立つ

ああこの太巻寿司のたまごやきセカンドオピニオンという方法がある

甲府城址―開府五百年の吟行会

鉄門《くろがねもん》に栗の木の花においいて城主のこない夏がはじまる

間隔のひとしく矢穴あけられた石段のぼる風にもまれて

いっせいに向きくる視線、矢狭間と鉄砲狭間にしろい人影

石垣を掻き抱くように根をはりし瓜膚楓《うりはだかえで》のみどりの大樹

復元をされしお城の鉄門《くろがねもん》さつきの風が束となりくる

関ヶ原を境となして石垣の野面積みさえこんなに違う

堀にそい小舟が伏せてありしころドリアの好きな少女であった

風つよき甲府城址にふりかえる少年の日の弟のこえ

素足をかえす

息つぎのみじかきエッセイよむあさの大気のなかに芙蓉がひらく

さみどりの日傘のうちを過ぎゆきし相愛のとき呼び戻しいる

あけがたの湖《うみ》をゆったりわたりゆく蛇をおもいて六月おわる

白よりも赤のリズムさ木漏れ日をコーギー犬の駆けぬけてゆく

丈ひくく朝をひらくは日章旗かかげたようなこの草芙蓉

北の丸公園の午後にきえゆきし中年ランナー　ミルクを少し

そしてまた死んだふりする蝦夷蟬のにぶきひかりが素足をかえす

三度目の焼き上がりだと声のする富士山パンと名を付けられて

西風にときおり耳をあおられて子犬がすわるテーブルの下

いくたびか腹打ちしのち湖を飛び立ちゆけり青鴫《あおしぎ》のむれ

ロマンスリフトにならび行くとき富士山のきょうほっそりと夏空にあり

モニター室

本日は手術日ですと貼られたる玄関のまえ日傘をたたむ

四十をすぎれば珍しくないのだとラジコン好きの主治医のはなし

ペットボトルの「生茶」をもらい妻なればモニター室に案内される

音のない画面のなかにゆれている目のあたり開く青いドレープ

角膜と強膜の間に光りいるメスの切っ先うつしだされる

一瞬のためらいのあと指先が水晶体をさらに切りゆく

ひといきに水晶体がやぶられる血をさらう液かけられながら

ふわわっと眼のうえに開きゆく折りたたまれた人工レンズ

戦没者墓苑

雨上がりの森のにおいのたかぶりに戦没者墓苑の入り口にたつ

参拝は私ひとり白菊の無人売り場にバッグをひらく

献花台のわきに置かれた冊子にはマリアナ諸島三十九柱

鈴掛の風うけながら亀虫が慰霊碑の上にはりついている

あの夏のロシア兵のことなどを聞きつつ叔母と水蛸をはむ

団体客の去りしふすまを泳ぎだす墨絵の鯉は尾びれひろげて

上陸をしたのだろうかストレッチをはじめたような樹々たちの揺れ

タクシーにすべりこみつつ団栗の土にめりこむ力をおもう

原爆忌

足裏をモザイクタイルに吸わせつつ一番奥のレーンにむかう

原爆忌すぎしプールのカルキ臭まずは百メートル平泳ぎする

いつだって忘れることのなき身体プールの水をけるしっかりと

強引な可決であった水中を出るときふいにくもるゴーグル

なかほどに映りていたる白雲を掻き分けてゆく温水プール

はじまりは乳腺外来　ジャグジーの細かな泡に目をつむりいて

噴きあげる泡にしばらく遊ばれてプールサイドのジャグジーを出る

乾ききらぬ花の水着とわたくしと秋のふかまる地上へかえる

針葉樹

その果てに伸びていたりし針葉樹だったのだろうあのころの君

刈草のにおう野道を犬とゆく防災甲府のとどかぬところ

接続をまちがえたらし霧雨のラウンドアバウトあの秋に出ず

栗の実のちいさな穴をはいだして目の無きものが夕べくつろぐ

ゆっくりと眼鏡をたたむ指づかい弓張月は濁りはじめて

野うさぎのホッペル・ポッペル・ストッペル旅にでたのはこんな晴れの日

線よりは色いろよりは線、　テラスにはフェルト帽子の少女がすわる

やわらかに踏みしめてゆく落葉みち手仕事展をめぐりきたりて

黄葉をしない公孫樹にはさまれて清里線のしぐれをはしる

男前豆腐の「男」くずしつつ韻律わるき会話をおえる

あたたかな梅酒にねむりゆくときに保存せざりし卵子をおもう

ドレッサーのわきに吊られる独居用通報ペンダントの真冬のひかり
ダウンコートのむらさきのなか埋まってしまったような母をうながす

III

骨《コツ》コツ日記

こんなにも大島桜の実は熟れて空のみえないやすらぎのある

老人サロンのわらい控えめ午後からは二列になりて輪投げはじめつ

こともなくゲームしている老人のなかに母いてみわけのつかず

ばかばかしいなどと耳うちしたるのちショートステイの輪投げにくわわる

皮下脂肪をつまみて母に打つときのフォルテオ針の夏のかがやき

手際よくフォルテオ注射うちているきょうは左の下腹部あたり

ペットボトルの上までたまる注射針〈骨《コツ》コツ日記〉二冊目に入る

細ながい硝子テーブルが映しいるみずきの森の午後の風むき

酸素量わずかに上がりはじめたり茅ヶ岳あおく膨らむあさに

近づける火星のことを聞きながらなんとも薄い爪を切りやる

競技場を過ぎりゆく時かすかにも馬臭がまじる夏の陽ざしに

樹々の間にオオムラサキの去りしのち原発稼働マップをひらく

昨日のしめりが残るヘアブラシひとりが病むとまたひとり病む

富士山珈琲《ブレンド》

百合の木の並木すこやか外来に緩和ケアの加わりている

「山の日」となりたる母の誕生日プレドニン錠さらに増えゆく

涙もろき母のかたわら分包にひとつき分の日付をしるす

にわかにも混みはじめたるデイルーム敷布交換の時間となりぬ

ハンドドリップに淹れた珈琲の甘酸ゆくまた墓参り伸ばしてしまう

けんめいに葉をひろげてる朴の下ヘラクレスだって休息をとる

仏壇のよこに吊られる人間と犬と猫との齢《とし》早見表

介護用エアーベッドの点検がおわりて富士山珈琲《ブレンド》を挽く

欠席の葉書ばかりを出しおえて星の形のラザニアをはむ

こんな日はちいさな蔵に会いにゆく〈踊る南瓜〉の線やわらかし

介護用らくらくシューズの夏用にポイント三つが付けられている

転びません転びませんとつぶやいて家内よぎるシルバーカーに

幅せまきエスカレーターをのぼりきて彩《いろ》に泣きたりマーク・ロスコの

いくえにもガーゼを畳みいくえにも過ぎゆき畳む秋のテラスに

介護タクシー「きぼう」につづき「あい」がくる欅の落葉まきあげながら
紫の帽子むらさきの車椅子、歯科医のスロープに力をいれる

サラブレッド

赤松の森のとぎれるカーブには「馬が横断します」の文字《もんじ》
みぎひだり尾をふりながら秋風のなかを去りゆくサラブレッドは

苦しそうな横顔をして寝ていると茸ごはんを食べながらいう

遠方《おちかた》をむしろ明るく映してたきのうのロビーの硝子テーブル

もっとやさしく言えばよかった猫のためあける窓より秋雨が入る

ゆるやかに蔦の紅葉はのぼりゆく午後の〈休日研究所〉わき

小学生の声が弾んですぎゆけりここの墓地にはまだ空きがある

七年を生きてきょうからシニア用ドッグフードをかつかつと食む

西空に国際ステーションみえるころ犬のかたえの椅子をひきよす

音のなく蜻蛉がとまる閉じられたガーデンパラソルの石突にきて

なめらかにマイクが声をすう午後を公孫樹並木は葉をおとしゆく

雲のにおい

『雑草の呼び名辞典』をひらくとき立ち込めてくる雲のにおいが
挽きたての珈琲豆のあたたかさ手にわたされていたり秋くる

秋限定の夜《ノーチェ》ふくめばああ真夜がまぶしかった少女のころは

馬の背に二人児ゆれる高原の小さな踏切に停まりていると

穂芒の根本にのこる白雪は穂芒のかげ鋭くうつす

それぞれに役割ありてリシマキア・ヌンムラリアが冬庭おおう

風邪いえてまた風邪をひく中庭に樹脂製スケートリンクのひかり

このように母の支度をいそがせてさびしきイブの声となりゆく

舞鶴城にプラネタリウム見しころの母を呼びだす冬晴れにきて

たおれたるシェリーグラスにこの夜の身体みじかく共鳴をせり

会ひとつ果てたるのちをうたがわずブーツスタンドにブーツを立てる

熱あれば連れてこぬよう書かれいる介護ノートを夜半にひらく

要介護の老人たちの合唱の「しょうしょう証城寺」二番にうつる

しばらくは手拍子うちていたりしが涙ぐみつつ母のありたり

積もりゆくさくら落葉のあかるさに母の臀部の発赤《はっせき》はじむ

かわるがわるちりめん山椒ふりかけて入院のことしばし忘れる

すれ違うものみな白しきさらぎの橋をわたりて焼香に行く

延命剤

あずさゆみ春の珈琲のおすすめのマグノリアくるマカロンがくる

アダムには臍がなかった。二つ目のマカロンを舌にころがしながら

延命剤ロングライフを入れられて沈丁花は十日においつづける

半ばまで樹皮をぬぎたる槻のありアルプス通りの空のあおさに

芽吹きまえのりょうぶの林境界線ひきなおさんと男たちくる

イースターの花のいろどる八ヶ岳ポニー乗り場に子が列をなす

犬榧《いぬがや》にとりつく苔がさみどりに変わりて春の呼吸をはじむ

言い訳のようなにおいをふいにさせ真鯉はきえる砂のなかへと

メタモルフォーゼ

ふくよかな初夏の木立をぬけてゆく転身《メタモルフォーゼ》のすべを忘れて

桜並木の手前にありし守衛所のちいさき窓がつと開かれる

かなしいほど実をつけている桜樹の下のしめりし空気をすいぬ

千年のむかしを語る人魚男《マーマン》にしろいパラソルさしかけている

膝掛けをおとして風が吹きぬける十薬のさく茂みのあたり

テラスには出られぬ梅雨のゆうぐれを腰の鱗《うろこ》がひかりはじめる

鮮やかなテントの並ぶ駅裏に「甲府空襲展」の文字あり

問診票を記入しながら思いおり母の病歴に重なる齢《よわい》

鳳凰は飛び立つことをゆるされずここの欄間に首をのばせり

くれないの当選御礼ひるすぎを介護施設に垂れ幕のある

おのおのに老婦人が塗り絵するなかに紫陽花のかおの母おり

あの赤いハンドバッグにつめてある私をときに取りだしてみる
けれどああ眉ととのえてやらぬままショートステイに母を送りぬ

ゲノムセンター

十年目の検査となりし朝はれて襞のこまかきブラウスを着る

ほうれん草のサラダは唇《くち》にやわらかく検査初日をしずかに閉じる

卓上のパグをはさみておしゃべりの弾む母娘が秋空のした

底ひまでハート紋様くずれないカフェラテをのむ栞をはさみ

やけにきょうは挑発的な稜線の甲斐駒ヶ岳上りホームに

最上階のゲノムセンターの一室に旧姓をしる主治医のまちぬ

よく読んで答えてくださいい午後からのゲノム検査の四枚つづり

あくまでも確率だから　触れるたび鳴りだす母の朱のオルゴール

両脇の車はすでに変わりたり検査をおえてのりこむ「アクア」

すみとおる鳥のさえずり消しながら予防切除のニュース流れる

やさしいお酢

留守にするあしたの卓においてゆく「やさしいお酢」をふりかけたまえ

転倒の頰の青あざ薄くなりショートステイの車降りくる

十周年の院内カフェのボールペンお得意様とわたされている

大通りひとつ入れば秋の午後クリーニング店に女がかがむ

枝ごとの揺れの違いをうつしつつ硝子のビルが明けてゆくころ

ひと匙の黒酢にことば拭いおり行かねばならぬ会合ありて

無理してはだめだよすべてという声の予防歯科医を出てこだまする

噴水にどんぐりころころ落ちるときどんぐりころころ真ん中に寄る

外気温

すこしずつ諦めること車椅子にのせられたまま母かえりくる

芯ぬきに芯をぬかれて赤梨はゆうべしずかに息を吐きだす

そちこちに手摺工事の紙テープはられた朝を入院となる

救急車の席の堅さはたちまちに雪のきそうな夜を呼びだす

そっとつくセンサーライトのやさしさをきょうは一日ふみにじりゆく

細切りの塩ふき昆布をひとつまみまたひとつまみ今年がおわる

樹のしたに碁を打つ人が二組ほど動物園のふゆの入り口

外気温にひとすじ涙おちながらアジアン象のてるに向き合う

鼻のあたり白くなりたる象のてる一月の陽にステップをふむ

もっと力を抜きなさいよとみぎひだり交互にてるが耳をうごかす

カーテンの内から明るい声のして母が肌着をとりかえている

甲斐駒をつつむ夕焼け手術日のきまりし母のマニキュア落とす

一日をベッドの上にむきあいて冬の富士山ほのぼの語る

ICU

集中治療室《ICU》に優先順位あることの消毒剤を指にすりこむ

はだけたる寝間着の胸のあたたかい同じこの世にもうすこしいよ

呼びかければ頷く母のかたわらに皮膚うすき手をにぎり続ける

どらやきを分けあったのは甲斐駒が西の空へと沈みゆくとき

持ち物は集中治療室《ICU》に移される「大人の塗り絵」がとび出したまま

うすむらさきにビオラの花弁を塗っていたきのうの母を返してほしい

月光を泉のようにためている石のベンチをみてしまいたり

こうやって静かに超えてゆくだろう愛宕山には陽がさしはじむ

絨毯のしみ

フローリングを人参ボーロはころがってきのうの母の席に落ちつく

ひと葉ずつサンセベリアをふきながらくずれた骨の感触おもう

この部屋にかえりたかったつぶやきの介護ベッドは取り払われる

取り出してまた仕舞いたる母の服クローゼットは満杯のまま

頷いてあげたかったな今朝はもう山法師の苞こんなにひらく

あのころの母の孤独をおもいつつ絨毯のしみ夜中にこする

ショートステイの荷からとりだす上着には色鉛筆の朱が付いており

桜木の芽吹きのいろに染まりつつガラスの瓶の分別をする

大切にしていた食器の藍色をもどして壁のブレーカー落とす

山の日ですね

抽斗《ひきだし》のお薬手帳の五冊ほどかなかなの鳴くきょうは捨てたり

三週間ぶりに来たりし生まれ家のポストにつまるピザの案内

母の背にあわせた鏡をのぞきこむ今日もここの家は明るい

ほろほろと切れてしまいぬ溜めありし母の輪ゴムの束をつまむと

窓いっぱいに入道雲が立ちあがるあれに乗りたいが口癖だった

ブラッシングすみたる犬がいくたびも夕べの風に跳ねてみせたり

聞き上手なもの並ぶからしばらくを向日葵畑に向き合いている

百合の花いまだつぼみの生家から盆の灯籠はこび出したり

手をあげてロータリーに待っている母のいなくて病院を出る

封切らぬままに黒ずむプロヴァンスの花のはちみつ、山の日ですね

等間隔に武田菱のついているさくら通りを今日は右折す

こんなふうに救急車両をとおすとき涙腺はもうにじみはじめる
なんとなく介護用品に立ちどまる焼きたてパンを買いにきたのに
むらさきの車椅子は玄関に畳まれてあり声かけて出る

朝空をおりくる角度たがえつつ公孫樹のなかに二羽が入りゆく

水のない噴水広場しもつきの西日なめらかに満たしはじめる

発熱外来

朝をまた感染者数・死者数をたしかめ鍋にあぶらを落とす

しろたえのマスクは十倍の値がつきて病院わきのコンビニが売る

かたわらに車椅子をたたむことなくなりドトール珈琲をのむ

すずしげに大島桜のおわる宵ホテルは隔離施設にかわる

葉桜となりゆく街にこのごろは黒いリュックのホームレス見ず

ひぐらしの鳴きはじめたるつゆ空に「発熱外来」のくれないの文字

熱のあるひと探さんとセンサーが入り口の上にしずかに狙う

社会的距離をたもちて座りおりきょうは診察にすぐに呼ばれて

オーガンジーの帽子

オーガンジーの母の帽子をとりだして縮んでしまった外界に出る

ウイルスの防災無線をききながら夏毛にかわる犬とゆきおり

ぬくもりし石のベンチに座りいて高く上がらぬ噴水にむく

なつかしそうに会釈してゆく三匹の子犬をつれた母の主治医が

椎茸のぶあつい笠を焼きながら父がいたころ祖父がいたころ

犯人のように追いゆく朝刊の新型コロナウイルス感染者図

紫陽花にみちびかれゆく境内のどこにもあらず賽銭箱は

柔和なるりんかくをもつ石仏に空き家となりし故郷つげる

コンタクトレンズほどのほおたるが君のなか指すべりおちたり

デイサービスの「密」のかさなり桑の実によごれた坂を犬とこえゆく

登山口をどれも閉ざされ富士山のやすらかならん笠雲をよす

あとがき

本書は二〇〇六年から二〇二〇年初夏頃までの、総合誌および「みぎわ」誌に発表した作品から、四四〇首を収めたものである。十六年ぶりの私の第三歌集で、作品は概ね制作順に編集してある。

この期間いのちを見つめることが多かった。私の乳癌が判明し、その半年後に母が難病にかかり、二〇〇八年には「みぎわ」短歌会の主宰上野久雄先生が亡くなられた。幸い私の病気は再発することがなかったが、死を意識することで生き方が変化し、見える世界も変わったように思う。明日は今日の続きではないことを、生と死は一瞬にして入れ替わってしまうことを幾度となく思い知らされた。

母の独居生活が難しくなったのは、私が髙安勇氏から「みぎわ」短歌会の代表を引き継いだ二〇一四年頃からである。夫の協力で週の半分を母と甲府の家に住み、私が夫の住む八ヶ岳へ戻る際には、ショートステイを利用するという生活を続けた。介護と並行しながら小誌「みぎわ」の継続と育成の活動で多忙を極めたが、最期まで看取ることが出来た。
歌集名は
『雑草の呼び名辞典』をひらくとき立ち込めてくる雲のにおいが
から採った。新型コロナウイルスのパンデミックで先行きの見えない日々が続くが、雲には不思議な安らぎと音楽があって、それを見ていると再生されるような気がする。
本書を出版するにあたり「みぎわ」短歌会の沢井照江編集長をはじめ会員の皆様、歌を通して出会った多くの方々に感謝申し上げる。そして、細やかにお心遣いをくださった本阿弥書店の奥田洋子編集長、松島佳奈子様に御礼申し上げる。また、素敵な装画を施してくださった同郷の版画家、内海仁美様へありがとうを伝えたい。

二〇二一年四月五日

河野　小百合

著者略歴

河野　小百合（こうの さゆり）

1963年山梨県生まれ。「みぎわ」短歌会代表。
1995年第６回歌壇賞受賞。山梨日日新聞社歌壇選者。
NHK 学園講師など。
現代歌人協会会員。日本歌人クラブ会員。
歌集に『私をジャムにしたなら』『マリアのいない夏』。

みぎわ叢書第60篇

歌集　雲《くも》のにおい

2021年６月24日　初版

著　者　河野小百合
発行者　奥田　洋子
発行所　本《ほん》阿《あ》弥《み》書店
東京都千代田区神田猿楽町2-1-8　三恵ビル　〒101-0064
電話　03(3294)7068(代)　振替　00100-5-164430
印刷・製本　三和印刷(株)
定　価：本体2970円（本体2700円）⑩

ISBN 978-4-7768-1555-6 C0092 (3271)　Printed in Japan